Mi vida, a medias con mi vecino.

Mi vida, a medias con mi vecino.
Michael Fontain

Impresión y editorial: BoD – Books on Demand
info@bod.com.es - www.bod.com.es
Impreso en Alemania – Printed in Germany

ISBN: 9788413732039

De tu familia que te quiere.

Empecemos. Hace un tiempo, visitamos una ciudad de la que nos habían hablado mucho y muy bien, tanto por su clima, calidad de vida, carácter de las personas, bien comunicada para poder prescindir del transporte propio, moderna y con una gran ventaja: estaba ubicada entre mar y montaña. Increíble pero nos pareció una buena apuesta.

Cuando llegamos y después de instalarnos en el hotel, preguntamos quien nos podía ayudar a encontrar una vivienda en la ciudad que fuera asequible pues queríamos pasar una buena temporada para conocer ese sitio de que tan bien nos habían hablado. Fue tan sorprendente que a la mañana siguiente nos propusieron un piso pequeño pero, al fin era solo para nosotros dos: mi mujer y yo. Tenia todo lo necesario y con vistas al mar!.

Al día siguiente firme el contrato y nos instalamos

Era una finca pequeña, de cuatro plantas y dos vecinos por planta, teníamos una pequeña terraza donde por la mañana podíamos tomar el desayuno en ella viendo el mar y el trajín de la gente disfrutando de la playa.

Ah perdón. Somos un matrimonio (casados hace 35 años) y estamos jubilados. Afortunadamente también tenemos una salud muy aceptable dentro de la edad: yo 68 y ella 65. Es verdad que, sobre todo yo, he tenido algún susto que otro, pero no me lamento. Económicamente no estamos mal ya que podemos permitirnos algún capricho que otro. Tenemos dos hijos de los cuales tenemos también dos nietos, preciosos, pero mucho trabajo para nosotros y como afortunadamente ellos, nuestros hijos, son muy capaces, nosotros intentamos vivir nuestra tercera parte de vida lo mejor posible, con el común acuerdo de ellos y sin pernernos de vista, por si acaso nos necesitamos mutuamente.

Una vez nos hemos presentado a Vd. querido lector solo me resta decirle que yo me llamo Roberto y mi mujer Carolina.

Empezamos a vivir el día a día y lo primero que mi mujer propuso es presentarnos a nuestro vecino de planta, comunicándole que eramos sus nuevos vecinos. Llamamos sobre las diez de la mañana, queríamos salir,provisiones., comida bebidas, latas etc.

–Buenos días–Nos abrió la puerta un señor más o menos de nuestra edad, con una muy buena presencia: iba vestido con pantalón de pijama y camiseta de manga corta , pues estábamos en primavera y el tiempo era excelente.

–Hola somos sus nuevos vecinos yo Roberto y ella, mi mujer, Carolina – Le alargue la mano y me la estrechó y también a Carolina. Con una sonrisa muy agradable, llamó a su mujer para que viniera a conocernos también mientras todavía no había dejado la mano de mi mujer.

–Me llamo Julio y mi mujer Encarnita–Encarnita enseguida le dió un beso a mi mujer y otro a mi. Carolina hizo lo mismo.

–Julio, como nuevos vecinos venimos a ofrecerles nuestra casa y si necesitan cualquier cosa no duden en decirlo, pues entendemos que entre vecinos debe de ser así – él me contesta que igual para nosotros y que estaban encantados de conocernos.

Una vez hecha la presentación les dijimos que nos íbamos porque debíamos hacer compras, les preguntamos si había alguna área comercial cerca y rápidamente Encarnita se entendió con mi mujer. Nos despedimos deseándonos mutuamente encontrarnos pronto para tomar un café.

Una vez realizadas todas las compras acordamos una hora de entrega y aprovechamos para ir a comer cerca de la playa. Dimos con un restaurante pequeño pero con encanto, por el lugar, por la decoración y sobre todo por la comida; precio justo y servicio perfecto. Mi mujer, encantada por el sitio me hizo el comentario de que la recomendación de venir a esta ciudad iba por buen camino.

Después de caminar un rato por la zona decidimos irnos para casa pues tenían que traer toda la compra que habíamos hecho por la mañana y la teníamos que organizar. Llegamos sobre las seis de la tarde y como si lo tuvieran previsto al cabo de cinco minutos llaman a la puerta para realizar la entrega !fantástico¡

Una vez todo organizado, nos dimos una ducha. Carolina estaba preparando la cena cuando llamaron a la puerta. Fui a ver quien era.

–Hombre Julio ¿qué tal? ¿Qué deseas? ¿en qué te puedo ayudar?

–Roberto, no...nada, solo que mi mujer, Encarnita, me dijo que os invitara después de cenar a tomar una copa a nuestra casa para celebrar vuestra llegada a esta ciudad y ser vecinos nuestros.

–Espera Julio que lo pregunto a Carolina, pero la verdad es que hoy estamos bastante cansados y queremos ir ha descansar pronto, si te parece mañana podemos tomar café después de comer, estaremos mejor, mas descansados,¿te parece bien Julio?

–Quedamos así, yo se lo digo a Encarnita, ¡hasta mañana! ¡buenas noches!

–Igualmente Julio, hasta mañana.

Por la mañana, fuimos a una oficina de información turística para que nos orientaran (nosotros por internet ya hemos sacado nuestras rutas, lugares a visitar e incluso restaurantes) pero el contacto personal también va muy bien.

Después fuimos ha comprar unas pastas o algo dulce para tomarlo con el café en casa de Julio y

Encarnita pero ntes pasamos por una tienda porque Carolina me dijo de comprar una gorra para protegerme del sol, pues en dos días tenia la cara como un cangrejo. En la tienda también compramos una crema protectora para los dos.La gorra que me compre era «anónima», quiero decir que no te tenia ningún logotipo; era lisa.

Dimos un paseo en dirección a casa y al pasar por una vinoteca compramos una botella de vino para comer. Ya en casa, Carolina preparo la comida: una pequeña ensalada y carne a la plancha y no podía faltar una copa de vino. Cuando recogimos todo, nos arreglamos y llamé a la puerta de mi vecino Julio para decirle a que hora veníamos a tomar el café.

–¡Hola Roberto!–me saludó de una forma tan efusiva que me contagió su optimismo – ¿podemos pasar?.

–Pasad cuando queráis, nosotros hemos comido ya , acostumbramos a hacerlo pronto.

–Perfecto Julio, aviso a Carolina y pasamos– le dejé la puerta de su casa abierta y fui a avisar a mi mujer y coger las pastas.

–Hola, ¿podemos pasar?.

–Pasad, pasad–respondió Encarnita desde su comedor. –¡y cerrad la puerta, por favor!–

Cerramos la puerta y nos dirigimos al comedor; mi mujer llevaba en la mano la bandeja con las pasta que habíamos comprado para la ocasión. Por lo que vimos Encarnita era una mujer muy ordenada, todo en su sitio: en la mesa de centro junto a los sofás, preparada ya la bandeja con su tetera para leche y otra para café y un juego de platos y tazas que no se si lo estrenaba ese día pero estaba perfecto y precioso. Mi mujer le dio la bandeja a Encarnita y habló de que ya se había perdido la tradición y nos dio las gracias.

El comedor me gustó mucho pues estaba decorado con gusto, sin estar sobrecargado y con un toque de calidad, lo que producía una sensación de comodidad, alguna figura y también algún cuadro, pero nada más. Una gran mesa de comedor y unos sofás grandes y muy cómodos, en realidad este piso era mucho más grande que el nuestro. Nos sentamos todos en los sofás y yo directamente le pregunté:

–Julio, ¿cuantos metros cuadrados tiene vuestra casa? pues me parece mucho mas grande y amplio que el nuestro.

–Sí Roberto, tiene 180m^2, es casi tres veces vuestro piso. La explicación es que yo conocía al constructor, estaba construyendo y a nosotros nos interesaba un piso, pero tenia que ser grande, debido a la amistad hizo de la planta de la finca que tenia aproximadamente 270m^2, un piso de 80m^2 y el resto otro piso que tenia que ser para nosotros. El motivo...te explico...por aquel entonces eramos una gran familia...5 hijos y nosotros dos.¡una multitud!-dijo Julio entre risas- por tanto, era absolutamente necesario un piso de estas medidas.

Julio lo explicaba con orgullo pero se le notaba cierta añoranza o tristeza y ,su mujer Encarnita , se dio cuenta y enseguida salió al rescate.

–Bueno, ¿quién quiere café? ¿sólo, cortado o con leche?

–A mi un cortado y a Roberto solo y sin azúcar. Gracias.–dijo Carolina– Encarnita abres tu la bandeja ¿o quieres que la abra yo?

–No, tú no haces nada, tú eres la invitada–dijo Encarnita riendo.

Tomado el café yo le pregunte por sus hijos (no se si fue precipitado o no) –Julio, tener 5 hijos es todo un lujo, ¿y nietos?.

Julio me miró, dejó la taza de café en la mesa, se acomodó en el sofá y dijo:

–Sí, realmente es un lujo y tener siete nietos mas todavía. Lo que pasa mi querido Roberto...es que nos vemos muy poco pues las dichosas ocupaciones, colegios, lugares de residencia y demás. Nosotros ya no estamos para trasladarnos de un sitio a otro, pues el tiempo pasa y todo se hace mas duro. Pero bueno, digamos que es el precio de esta sociedad que si lo piensas bien, no sabemos a donde vamos, porqué vamos y dejando atrás valores que ya no se pueden recuperar. Ahora, Roberto, con un piso como el vuestro tendríamos suficiente.

–Sí Julio, tienes toda la razón, pero tienes que ver la parte positiva: tus hijos han creado su vida con descendencia y ahora os toca a vosotros volver a recuperar aquella vida que comenzasteis tu y Encarnita. Vale la pena planteárselo así.

–Si Roberto, pero hay momentos que nos coge el bajón.

Julio, se expresaba con total sinceridad y humildad y yo me percaté de que había algo más pero opté por cortar el tema pues no sé adonde podríamos llegar. Mi mujer,como no, se percató y saltó:

–Encarnita, ¿te molesta enseñarme tu casa?Y así cambió de página automáticamente. Ellas se fueron a ver la casa.

–Ven Roberto, yo te enseño otra parte de la casa.

–Salimos a la terraza que tenia su casa: fantástica, con vistas al mar y a la montaña. Al tener tanta superficie daba la vuelta a la finca: el piso era esquinero.

–Julio, es preciosa, aquí debéis de pasar muchos ratos observando el mar o la montaña ¡tenéis donde escoger!

–Sí Roberto, como tú dices hemos pasado ratos intensos y con buenos recuerdo–otra vez me percaté de esa sensación de tristeza. Entramos en casa y ellas ya estaban sentadas en el sofá comentando la casa. Yo pensé que se acercaba el momento de marchar pues no deseaba que esta primera reunión fuera muy extensa.

–Carolina nos vamos a ir, Julio, por cierto, queremos ir a dar una vuelta para ver un poco el ambiente de noche, ¿es seguro caminar por las calles de esta ciudad ?

–Sí Roberto, podéis ir tranquilos, la policía tiene buen control. A propósito Roberto, cuando queráis vamos a comer a un lugar que conocemos y se come un buen pescado o marisco si os gusta.

–Perfecto Julio pero la condición es que pagamos nosotros,jajaja.

–Está bien Roberto, nos vamos gracias por la hospitalidad y Encarnita, el café estaba buenísimo.

Entramos en casa y a mi mujer le faltó tiempo para cogerme del brazo y sentarnos para hablar de nuestros vecinos.

–Roberto ¿qué te han parecido? ¿No has notado algo raro?

–¿Qué quieres decir?

–Si...es como si guardaran un secreto y no quisieran hablar de ello, yo he sacado el tema de los hijos....que tenemos dos y dos nietos y ella no ha soltado ni una palabra de su familia, ni una foto…! nada¡, y ademas ¿no te has dado cuenta de que no tienen fotos de sus hijos o nietos en ninguna parte?, yo creo que aquí pasa algo o ha pasado algo

–Carolina, si que es verdad que yo he notado alguna reacción en Julio, pero que ha pasado algo...no sé, a mi me han parecido muy agradables en general y nos ha propuesto ir a comer a un sitio que Julio conoce que nos gustará mucho. Bueno, en fin, es muy pronto para sacar una conclusión de como son o algo más. Venga, arreglate que nos vamos a dar una vuelta por el barrio para conocerlo y si vemos algún sitio para tomar una copa.

–Roberto...no vengas con prisas– dijo mi mujer entre risas.

Al salir a la calle nos cruzamos con una señora mayor que entraba en la escalera.

–Pase, señora, pase.

–Gracias– dijo ella muy amable, es que vengo cargada y una ya tiene una edad, por cierto, ¿Ustedes son los nuevos inquilinos? ¿los del cuarto piso?

–Sí, yo me llamo Roberto y ella mi mujer Carolina, mucho gusto.

–Yo vivo en el segundo tercera, me llamo Elvira y ,desgraciadamente, soy viuda, mi marido murió ya, hace tres años, de cáncer, me cuesta mucho de aceptarlo pero lo peor ya paso.

–Si que lo siento, ¿tiene algún hijo?

–No. Estoy sola, tengo una prima que vive en otra ciudad, hablamos por teléfono y nos vemos por fiestas, por cierto, ustedes son vecinos de Julio y Encarnita, ¿no?

–Sí, ayer los conocimos y esta tarde hemos estado en su casa tomando café, es un matrimonio muy agradable y muy atento.

–Son buena gente pero tienen una gran pena encima, les cuesta de superar, ademas no es manía mía pero parece como si tuvieran un «mal de ojo», en fin, no quiero hablar más porque estas cosas son muy privadas y yo no soy de aquellas vecinas que nadie desea tenerlas cerca, Ustedes ya me entienden. Bien, solo me queda desearles por mi parte sean bien recibidos y ofrecerles mi casa para lo que necesiten

–Muchísimas gracias señora Elvira, igual le decimos a usted.
Por fin, empezamos a caminar calle arriba con una temperatura perfecta, eran sobre las ocho y todavía había un poco de luz de día, yo notaba que mi mujer estaba feliz, tranquila, respiraba profundamente pues donde vivimos hay muy poca circulación de coches y el aire esta bastante limpio. Llegamos a un restaurante que para nosotros parecía ideal: no muy grande, decorado con un aire cálido y familiar y una terraza con una

pequeña carpa que invitaba a sentarse y tomar algo.

Entramos y la chica que nos atendió nos pregunto donde queríamos sentarnos si dentro o fuera en la terraza. Mi mujer y yo nos miramos y le pregunte

–¿No tendremos frio en la terraza?

– Creo que no, ¿desean tomar algo, o cenar?

Le dijimos que depende de lo que tuvieran para cenar y la chica, muy amable, nos recomendó sentarnos fuera.

–Les traeré la carta y mientras tanto verán si tienen frio, yo en cualquier caso, les reservaré una mesa dentro ¿de acuerdo?.

–Perfecto–contestó mi mujer más que satisfecha.

Escogimos la mesa y tomamos asiento, enseguida la chica nos trajo la carta y pregunto si queríamos tomar algo.

–Sí, por favor, a mi tráigame una cerveza ¿y tu Carolina?

–De momento no quiero nada, gracias.

Escogimos tres o cuatro platillos para picar. Estábamos deseosos de hablar de nuestros vecinos y de la señora Elvira.

–Roberto, ¿qué te parece la señora Elvira?

–Pues que te tengo que decir, que creo que tiene muchas cosas para explicar, nos ha dejado con una incógnita a propósito, para que la volvamos a ver otra vez y entonces dirá cosas que yo creo tiene ganas de decir ¿y tu que opinas?

–Pues yo creo que sí, pero también que tiene ganas de ser escuchada porque está sola y necesita comunicarse y sentirse el centro de atención. No creo que sea maquinadora, pero nunca se sabe. Puede que tengas razón, dentro de unos días pasaremos a saludarla…. si antes la encontramos por la escalera, pues la invitaremos para que venga a tomar un café a nuestra casa ¿y qué te parece lo que dice de Julio y Encarnita? ¿Parecía que hablaba muy en serio no?.

–No sé Carolina, todo parece como un misterio, en realidad, yo fui el primero que te dije que a Julio le notaba algo raro, parecía como triste, ausente y queriendo evitar según que tema, nunca hablo de su familia ni de sus hijos y, sobre todo, de sus nietos...guardando un secretismo muy especial. Es como si se culparan de algo o alguien les acusara de algo...no sé. Elvira ha sembrado en nosotros la curiosidad de el «¿qué pasa?». Y hasta que no lo descubramos, no pararemos. Ahora vamos a cenar lo que nos ha traído esta señorita, que tiene una presencia espectacular.

Acabamos de cenar y ya en ningún momento tocamos el tema de nuestros vecinos (parecía como una relato de intriga), paseando nos fuimos para casa y nos metimos en la cama a descansar.

Al día siguiente, desayunamos pronto porque nos habíamos marcado una ruta para conocer puntos emblemáticos de esta ciudad. Carolina se puso zapato deportivo y yo cogí la gorra que compramos para protegerme del sol: la intención era caminar y coger algún bus turístico.

Al salir a la calle escuché una voz que me hablaba.

–!Hombre Julio¡¿qué tal?¿Como estás?– de repente, nos saludamos efusivamente–¿a dónde vais?

 –Vamos a recorrer la ciudad, a ver si por fin conocemos algo.

–Me parece perfecto, recuerda que tenemos una comida pendiente en el lugar especial que os dije. Buscad el día.

–Se lo diré a Encarnita para que se vaya preparando

–Ya nos diréis, que paséis un buen día y cuidado con el sol....pero veo que vas preparado jajaja ¡hasta luego!

–Adiós Julio, recuerdos a tu señora.

Me coloqué bien la gorra y mi mujer una pequeña pamela preciosa y ¡venga! a caminar y disfrutar.

Fue un día perfecto, esta ciudad tiene mucho que enseñar y mucha historia por ver. Comimos en un restaurante muy tranquilo, en la sobremesa nos llamaron nuestros hijos para saber como estábamos y decir que nuestros dos nietos nos añoraban y ellos también, naturalmente, mi mujer no pudo mas que emocionarse. Todo muy bien. Volvimos a casa sobre las siete de la tarde con luz todavía. Que, por cierto, tener luz natural a esas horas de la tarde es muy agradable (al menos a mi me gusta).

Por el camino Carolina me dijo que tendríamos que buscar un día para aceptar la invitación de Julio, nuestro vecino.

–Bueno, ya lo buscaremos, hay veces que estas invitaciones son más por compromiso que por interés.

Llegamos a casa y yo me quise dar una ducha, ella se cambió poniéndose cómoda para descansar en el sofá y ver un poco la tele. Yo, después de la ducha hice lo mismo y me senté al lado de ella. Aquella tranquilidad era de lo mejor.

–¿Quieres tomar algo? Voy a la nevera a ver si tenemos algún refresco – Carolina me dijo que no, que solo teníamos cerveza y yo le contesté que ya me estaba bien. Al levantarme del sofá llamaron a la puerta y fui a abrir

–Julio ¿qué tal? pasa por favor.

–No...Roberto, no quiero molestar, sólo es para deciros que he reservado mesa para mañana a las dos de la tarde. Si no os va bien, ya me lo dirás, díselo a Carolina ¿vale? !buenas noches¡.

–De acuerdo Julio, si no te digo nada, quedamos para mañana como tu has dicho, buenas noches.

–¿Quién era? Preguntó mi mujer, siempre tan curiosa.

–Era Julio para decirnos si nos va bien comer juntos mañana. Yo, en principio, le he dicho que si, pero si tu no quieres le digo otro día.

– No ya está bien, no tengo ningún inconveniente.

–Carolina, ¿no te parece que ponen un poco de presión?, no es que me moleste pero...

A las once de la mañana del día siguiente llamé a su puerta y decirle que estábamos preparados en media hora, Julio me dijo que perfecto, que nos pasaban a recoger.

Ya en la calle, cogimos un taxi y fuimos al puerto, allí paró el taxi y Julio nos dijo si nos importaba caminar un poco hasta llegar al restaurante, le dije que perfecto.

Fuimos caminando por un espigón del puerto que al final, si era verdad, se veía un pequeño edificio que parecía un restaurante.

–Efectivamente, era pequeño, con aires de pescador; su decoración lo corroboraba. La gente que había, parecía que ya se conocía así que deduje que eran asiduos del lugar. Al entrar, un hombre muy fuerte y de gran tamaño gritó:

–¡Julio...! ¿como estáis?. Cuanto tiempo sin verte a ti y a tu mujer...y la compañía. Enseguida vino y se abrazó a Julio y besó a Encarnita. Julio nos presentó.

–Encantado, los amigos de Julio y Encarnita son amigos míos.....pasad y sentaos donde queráis, ¿qué preferís dentro o fuera en la terraza? oliendo el salitre como solía gustarle a Julio.

Julio me miró y dijo –decide tu Roberto y tu Carolina– y los dos dijimos, por supuesto, en la terraza. Julio hizo un gesto de agradecimiento y aquel hombretón nos acompaño a la mesa.

El lugar era privilegiado, parecía como si estuviéramos sentados en la proa de un barco en alta mar, solo faltaba el vaivén de las olas para que fuera realidad. El hombretón vino con cuatro cervezas enormes, mi mujer y yo nos miramos y entendimos que teníamos que ir con cuidado pues no estamos acostumbrados a beber, yo aproveché para preguntarle como se llamaba el hombretón.

–Me llamo Manolo para lo que ustedes manden– y se fue con una sonrisa que ocupaba toda su cara, parecía turco.

–¡Roberto! exclamo Carolina– nos hemos dejado tu gorra y te vas a quemar con el sol.

– Buf, es verdad, Julio ¿le podemos decir a Manolo haber si tiene una sombrilla? porque sino tiene razón Carolina…

–Mejor que eso Roberto, Encarnita ¿verdad que tienes mi gorra en el bolso? Haz el favor y dásela, ¿la aceptas no Roberto?

– Por supuesto, ¿y tu Julio?

–No te preocupes, yo estoy muy acostumbrado al sol, pues he nacido aquí entre barcas....jajaja.

Me puse su gorra y, la verdad, descansé de la presión del sol pues enseguida me afecta y pensar en estar dos o tres horas comiendo sin protección me hubiera amargado la comida.

No quise decir nada, ni a mi mujer tampoco, pero al ponerme la gorra de Julio bien calada, noté como un escalofrío que me recorrió todo el cuerpo, duró un segundo pero me sorprendió.

–Julio se encargó de la comida desde el principio hasta los postres, todo perfecto, Manolo solo hacia que viajes trayendo pequeños platos como degustanción y también alguna cerveza . Veía a mi mujer como disfrutaba y como sus ojos le brillaban. Y yo sólo con de verla así estaba feliz. Continué sin decir nada pero la primera sensación que noté al ponerme la gorra siguió durante toda la comida, pero además había momentos en que la visión se doblaba y veía doble tanto copas , platos o personas. Un momento que miré a Julio me pareció ver imágenes de personas que pasaban rápido como en ráfagas, pero solo cuando miraba a Julio. Bueno, no le di demasiada importancia y seguí disfrutando de la comida.

Julio no paraba de hablar explicando un poco su vida y el amor por el mar llegando a ser capitán mercante, dedicándose su vida profesional al transporte marino; estaba pletórico. Llegó Manolo y preguntó:

–¿Quién quiere café? A los chupitos invito yo. Todos queríamos café y yo doble.

Justo en el momento que apareció Manolo, Julio calló y su expresión era terrorífica, con un susto tremendo. Yo le miré pero entonces me pasó que lo miraba pero no lo veía: no veía la imagen de la cara de Julio, estaba viendo gente que acudía corriendo a un lugar gritando de horror...me asusté y me froté la cara para intentar borrar aquella imagen. Pensé que era efecto de la bebida.

– Julio ¿qué te pasa? –le pregunté. Te has quedado serio ¿te encuentras bien?

–No...no pasa nada Roberto, es que a veces el estomago me dice que esta aquí y me tortura..,jajaja, nada, ya pasó.

Todos sonreímos, pero me fijé en que Encarnita estaba seria pero no hice ningún comentario.

Manolo vino a la mesa con los chupitos y se sentó al lado de Julio. Empezaron a recordar viejos tiempos y a reír tanto que a nosotros nos contagiaba las risas también. Mientras hablaban yo miraba a Julio y volvían imágenes absolutamente desconocidas para mi: jóvenes discutiendo de una manera muy fuerte entre ellos con chicas también, niños pequeños llorando… parecía como un drama familiar… esta visión era tan fuerte que me dio como un sofoco y me tuve que quitar la gorra para secarme el sudor. Pero justo en ese momento de sacarme la gorra, la imagen desapareció y me sequé el sudor con un pañuelo. Carolina se dio cuenta y me pregunto si estaba bien, yo le dije que si, que perfecto. Julio me miró y con la mirada también me pregunto y le respondí que bien. Me puse de nuevo la gorra y ,automáticamente, volvieron las imágenes. En esta ocasión, parecía que era un hospital: estaban los jóvenes de antes que parecían que eran todos parejas y me pareció ver a Encarnita llorando muchísimo, no podía soportarlo y me quiete la gorra… Y, efectivamente, las visiones volvieron a desaparecer. Me guardé la gorra en el bolsillo de la chaqueta puesto que no quería tener otra visión.

Manolo se levantó y dijo que tenia que atender el negocio, era un tío simpatiquísimo y parecía muy buena persona y ,visto como trataba a Julio ,con un cariño muy especial, hacia muchos años que se conocían.

–Roberto, ¿que tal? ¿todo bien? ¿Y tu Carolina? ¿ha estado todo bien?

¿Quieres algo mas? ¿Otro café o agua para bajar todo lo que hemos comido?

–No gracias, Julio todo perfecto– dijo mi mujer satisfecha y le dijo que la comida estaba buenísima y el lugar espectacular – y creo que a mi marido lo tienes encandilado– dijo riendo para rematar las alabanzas.

–Lo que dice mi mujer es verdad Julio, por nuestra parte os damos las gracias a los dos. Ahora supongo que no discutiremos, pero te dije que pagábamos nosotros – pero justo en ese momento salió Manolo y chillado como un hooligan y dijo:
– ¡De eso nada! paga Manolo y punto.

– ¡De eso nada!– exclamó Julio.

–A ver si te tengo que tirar al agua...-dijo Manolo entre risas cariñosas y se abrazaron.

Una vez todo aclarado, empezamos a caminar para regresar a casa, (la verdad que quería explicarle todo a Carolina), le pregunté en voz baja si había cogido una tarjeta del restaurante y me dijo que sí. Pensé entre mi: esta mujer no falla nunca. La cogí por el hombro y fuimos caminando junto a Julio y Encarnita un rato. Julio dijo de tomar un taxi. Le pregunté a Carolina si quería caminar un rato más y le dije a Julio que nosotros preferíamos caminar un rato más. Julio asintió y nos despedimos.

–Hasta luego Roberto– Encarnita dio un beso a Carolina y nos despedimos.

–¡Ya nos veremos!

Tengo que explicarte algo Carolina, algo que me ha pasado en el restaurante, no se si decirte que no tiene importancia o por el contrario si que la tiene…

–Roberto, no me asustes, ¿que pasa? te has encontrado mal, yo he notado que te pasaba algo y te lo he preguntado pero me has dicho que nada, que todo estaba bien.

–Perdona Carolina, lo que menos deseo es ponerte nerviosa ni preocuparte, no...no es nada de mi salud –bueno, pensé yo, sin decirle nada a ella–.

–¿Te acuerdas que Julio me dejo su gorra?...que por cierto la tengo yo. Bien pues aquí empieza lo que yo te quiero explicar de lo que me pasa. Cuando me la puse por primera vez noté como un escalofrío que me recorría todo el cuerpo y mi visión fue doble...la copa, el plato a vosotros...me asusté, me quité la gorra, me sequé el sudor y pensé que eran los efectos de la cerveza junto con el sol, no le di mas importancia y me volví a poner la gorra. Estuvimos comiendo con normalidad; hablando, riendo y sin mas, pero justo cuando vino Manolo y se sentó al lado de Julio, justo en ese momento, Julio transformó su cara...muy serio y absolutamente callado, yo incluso llegué a preguntarle que le pasaba y si se encontraba bien, el me contestó que todo estaba bien...gracias. ¿te acuerdas? Pues en ese momento, justo en ese momento, que yo estaba mirando a Julio con mucha atención me volvieron a aparecer visiones, esta vez eran siluetas de varias personas jóvenes, hombres y mujeres, que estaban discutiendo de una manera muy fuerte con vehemencia...dejé de mirar a Julio por miedo a que él me preguntara si yo me encontraba bien, me distraje mirando el mar y paso todo....pero volví a mirar a Julio y empezó otra vez, pero de otra forma las visiones...la verdad, no sé como explicarte...imaginate que estoy sintonizando una emisora en la tele y se ven las imágenes como distorsionadas...torcidas…Me quité la gorra y la guardé en el bolsillo de la chaqueta. Y todo eso es lo que me ha pasado.

Carolina estaba blanca, con una cara de atención y al mismo tiempo susto y preocupación.

–Pero Roberto, ¿como puede pasarte esto? no entiendo nada, pero por lo que me explicas todo está ligado con ellos con Julio y con Encarnita.

–Sí, Carolina, yo también entiendo eso y que ha habido algún tipo de desgracia en esa familia y que no se qué puede ser, pero que Julio hay momentos que endurece su rostro con ánimo de tristeza y soledad.

–Pero, ¿como puedes ver todo eso? ¿Justo cuando te pones la gorra de él? Es como si te metieras en su mente...

–¡Carolina! !tú has dicho la palabra justa! ¡eres increíble! justo es lo que parece que cuando me pongo la gorra y me concentro en él: aparecen ráfagas de hechos sucedidos en su vida...ademas de una gran gravedad.

Seguimos caminando sin decir palabra, asombrados, sobre todo Carolina, por todo lo que le había explicado.

–Carolina ¿qué te parece si buscamos un taxi y vamos a casa? tengo ganas de estar descansando y sobre todo relajándome de todo lo del día.

–Perfecto Roberto, ademas ya se está haciendo oscuro y empieza a refrescar.

Llegamos a casa y los dos nos sentamos en el sofá con un gesto como si tuviéramos un peso encima, seguíamos callados pero con la mirada ya no hacia falta hablar, estábamos en una situación un poco extraña y al mismo tiempo intrigante. Sonó el teléfono de Carolina..!por dios que susto¡ Ella se levantó y sentí que decía…

–Hola hija – yo suspiré – ¿cómo estáis? ¿y el niño? bueno me alegro, bien nosotros estamos bien y tu padre también, un poco cansados los dos pero esta ciudad es preciosa y tener el mar al lado es un verdadero lujo. Si, pues mira, hoy hemos ido a comer con nuestros vecinos que por cierto nos ha invitado ellos a un restaurante precioso, al lado del mar y como hoy hace un día maravilloso pues ya digo, si...son muy agradables, ¿que? A muy bien pues ya hablaremos en otro momento dale un beso muy fuerte a tu marido y al niño un apretón de sus abuelos....adiós hija, adiós...un beso de tu padre y mio.

–Era la nena para ver como estábamos, ellos también están bien y el niño estaba en la bañera por eso hemos podido hablar poco. ¿No tienes hambre? Nos hacemos un pequeño bocadillo y una cervecita y vemos un poco la tele antes de irnos a dormir y nos ponemos a tono para mañana?

–Perfecto Carolina, yo preparo la mesa ¿vale?

Cenando, yo le dije haber si mañana podemos pasar un día un poco más tranquilo y a poder ser comer en casa –¿qué te parece?–.

–Me parece muy bien, pero de salir saldremos ¿no?.

–Sí, pero sin darnos grandes palizas, afortunadamente no hay nadie que nos obligue.

A la mañana siguiente nos levantamos sobre las nueve. Nuevos....casi habíamos dormido diez horas. Desayunamos en la terraza, fantástico... por suerte ademas hacia un día precioso y la temperatura ideal. Esta vez decidimos y a comprar algo más de comida para tener reserva pero aprovechamos para ir al mercado que nos había dicho Encarnita que fuéramos, nos comentó que era muy emblemático por la antigüedad y lo bien surtido que estaba.

La verdad que era precioso, lo habían rehabilitado pero guardando todo su estilo; habían logrado un mercado diáfano, nada agobiante pues había muchísima gente y se notaba la limpieza e higiene...estaba súper cuidado. Muy contentos de haber tomado esta decisión.

Al salir del mercado íbamos caminando y noté que el sol apretaba y cogí la gorra (de Julio) y me la puse pensando que todo seria normal...pero no lo fue…Sentí como una sensación de mareo y pensando que me iba al suelo me cogí de una columna a la salida del mercado y al brazo de Carolina.

-¿Qué te pasa Roberto?

Yo, automáticamente, me quité la gorra y Carolina entendió enseguida que pasaba.

–Toma Carolina, guarda tu la gorra y vamos a casa.

Llegamos a casa otra vez sin mediar palabra, esta situación la tenia que aclarar. Tomé un poco de agua y me senté.

–Roberto ¿y si devuelves la gorra a Julio?
Por supuesto, pero primero quiero averiguar que pasa, el porque tengo estas visiones, no encuentro una explicación correcta o lógica o como quieras llamarle, ahora no estamos con ellos.

Me senté en el sofá por aquello de la seguridad y me puse la famosa gorra....no pasaba nada...ni visiones...ni mareos...ni nada de nada.

–Ves Carolina, esto es que coincide el ponerme yo la gorra con mi estado general, ayer bebí bastante cerveza y vino, hoy no he bebido pero al salir del mercado he notado en cambio fuerte de temperatura, pues dentro se estaba fresco y al salir note mucha calor. Carolina tranquila, no pasa nada.

Salí a la terraza a respirar aire fresco pero al apoyarme en la terraza tuve una visión espantosa y creí que me caía yo a la calle, que horror.

–Roberto que pasa– Carolina vino enseguida al oírme gritar.

–Carolina, esta vez ha sido increíble,yo estaba en la visión pero no era yo, era Julio que estaba discutiendo con un tipo mas alto que él...más fuerte y, sobre todo, más joven, la discusión era fortísima: ese hombre acusaba a Julio de matar a toda su familia, era espectacular como amenazaba a Julio y él le decía que no tuvo ninguna culpa y de que apenas se enteró, que si no llega a ser por su segundo que le advirtió...pero ya era demasiado tarde para poder reaccionar y evitar lo sucedido. Parece ser que un tiempo atrás Julio recibió una amenaza que el día que lo encontrara lo mataría. Fue hace mucho tiempo cuando Julio estaba en activo, en un viaje en su barco carguero hacia la ruta Valencia-Turquia. Era un viaje tranquilo y sin problemas, esta ruta la había hecho varias veces generalmente con el objetivo de llegada fija de día y hora. Pero esta vez no había este compromiso. Al tercer día de navegar sobre el crepúsculo Julio estaba en el puente y le pareció como si golpeara algo en el casco, en la proa. Parecía como si fuera algún tronco o alguna cosa así, pero no le dio ninguna importancia, continuó controlando el rumbo y la velocidad del barco comprobando cuando llegarían a Estambul.

-!Capitán....Capitán¡–corrió su segundo–hemos abordado una pequeña barcaza y parece ser que iban refugiados.

Entonces se activó el protocolo, fueron a popa varios marineros con salvavidas en la mano dispuestos a lanzarlos, pero debido a la poca luz que había y el silencio, pues el mar parecía una piscina y sin viento, solo una pequeña brisa, todos gritaron, ¿hay alguien? Encendieron los focos haciendo un barrido por donde creían podría haber alguien, pero nada, tampoco se escuchaba ningún grito de auxilio. Después de media hora de búsqueda infructuosa el Capitán dio orden de cesar la búsqueda de posibles

náufragos y se retiró a su despacho para escribir en el cuaderno de navegación todo lo sucedido y todas las medidas que se tomaron. Mientras escribía pensaba que si, desgraciadamente, hubiera habido alguien al abordar el barco, una pequeña embarcación o balsa o lo que fuera por la proa, la fuerza propia del barco en su velocidad lo que sea, lo engulle mandándolas a las hélices....no hace falta ser un lince para imaginar que hubiera pasado si este hubiera sido el caso.
–Dios Mio Carolina, por favor dame alguna cosa de beber, tengo la boca seca de todo lo que acabo de ver.

–Toma Roberto, pero me tienes fascinada, ¿estás seguro que lo vives? ¿o es tu imaginación? que yo sé que es muy rica....me acuerdo de los cuento que explicabas a los niños…

–Calla...calla Carolina y escucha que sigo. Resulta que entre todos los refugiados había un niño que como pudo se cogió a un gran trozo de madera y estuvo flotando no se sabe cuanto, hasta que pasó un pequeño barco pesquero con bandera de Turquía que estaba haciendo el arrastre y recogía las redes con tanta buena suerte para el chico, que estas también lo «recogieron» a él. Cuando lo izaron al pesquero le socorrieron dándole agua para beber; le echaron agua dulce por el cuerpo para retirarle la sal y después lo taparon del sol, se durmió casi un día entero. Estaban llegando a puerto cuando se despertó y lo llevaron a ver al capitán. El Capitán era una mujer fuerte morena, sobre los cincuenta años. Le preguntó como se llamaba
–Me llamo Iker, tengo seis años y soy de Antalya.
–Muy bien Iker, ¿sabes si tienes familia?

Iker se puso a llorar...–no todos han muerto en el accidente–.

–¿Qué accidente? le preguntó la Capitana.

Iker le explicó que cuando el barco los abordó, el que llevaba la barcaza no pudo hacer nada pues ni vio al barco, la partió por la mitad y él se encontró solo en el agua cogido a un gran trozo de madera.
A la Capitana le hizo gracia este niño tan despierto y con tanta suerte en la vida.

–¿Así no tienes donde ir cuando lleguemos a tierra?....no señora, no tengo a nadie, estoy solo.

La Capitana sabe que existen unas leyes en Turquía que si recoges un naufrago, tienen derecho a acogerlo dándole techo y comida hasta que sea mayor de edad o alguien lo reclame y así lo hizo: se puso en contacto con las autoridades para explicar la situación.

Cuando amarraron en puerto ya esperaba un coche de las autoridades portuarias para recoger al muchacho y llevarlo a la «casa del naufrago». Pasó el tiempo y al cabo de los años a la Capitana de aquel pesquero que lo recogió le había caído muy bien, aquel crio llamado Iker con aquellos ojos tan penetrantes….

-Carolina, me parece mentira que pueda relajarte todo esto como si fuera una película...pero la verdad es que entro de la mente de Julio y lo vivo intensamente ...es como si estuviera abducido o poseído por su mente...me da miedo que llegue a afectarme en un futuro, pera el caso es que no puedo desengancharme.

–No sufras Roberto, creo que en cuanto te liberes de todo lo que ves se habrá acabado.

–Si tu lo dices...¿quieres que siga?

–Sí, por favor.

–La Capitana decidió ir la casa del naufrago para ver a Iker.

– Hola te acuerdas de mi?
– Si.....claro que me acuerdo de mi salvadora–y le dio un abrazo tan fuerte que ella se quejo dijo – cuidado que me estas aplastando.

– Iker te voy a decir porque he venido, quiero hacerte una oferta y no me preguntes porqué, pero aquel día que vi tus ojitos tan negros mirándome con ansiedad del momento, se me quedaron clavados en mi retina, bueno hay va la oferta: quiero reclamarte del centro y adoptarte como protectora.

–Iker abrió sus ojos negros como dos platos, no entendía nada.

–Hay una condición: vendrás conmigo en el barco a pescar, yo te enseñaré todo lo que sé y en un futuro el barco será tuyo Iker.

Él no sabia que decir, no se lo creía que él pudiera tener tanta suerte, enseguida se tiro sobre ella otra vez y le dijo un sí enorme y le dio un beso muy fuerte. La Capitana hizo todo los tramites y se fueron cuando Iker recogió todo.

–Carolina dejame descansar tengo como una ansiedad y la cabeza me estalla.

–Por supuesto Roberto, descansa y en otro momento seguimos, ¿tomamos algo? ¿Que quieres?. ¿una cerveza?.

Mientras Carolina había ido a buscar la cerveza, mi cabeza no paraba, veía imágenes sin parar como si estuviera viendo una película pero a toda velocidad mareante.

–Ya estoy aquí.

–Siéntate porque no puedo parar, necesito relatar todo lo que he visto en la terraza.

Carolina asintió y se sentó a mi lado pero me advirtió que si veía que me ponía muy nervioso, lo dejábamos.

–Al cabo de un tiempo no se si un año o varios vi a Iker hablado con un tipo muy fornido de unos sesenta y cinco años o alguno mas, difícil porque parecía, por su aspecto, que había sido pescador. Estaban hablando de una manera muy efusiva hasta el punto que Iker se quedó blanco aguantándose en una pared. Iker gritaba

–¿Pero está usted seguro?

–Sí chico, sí estoy seguro, porque yo era el segundo del barco que capitaneaba Julio. Oye chico, no estés violento, aquella noche ni el capitán ni nadie pudimos hacer nada, yo concretamente me pareció oír algo se lo dije al capo y el dio la alarma de «hombre al agua» que como protocolo se para el barco, la tripulación toda se desplaza a popa, se enciende los focos de búsqueda y con los megáfonos se llama por si hubiera alguien, pero desgraciadamente ni vimos, ni oímos a nadie, quiero decirte que ni el Capitán ni yo ni nadie de la tripulación tenemos la culpa de lo que paso aquella noche. Yo no sé como me has localizado, pero esta es toda la verdad y no puedes acusar a nadie. Ni a mi, ni a nadie.

Iker pareció que se calmaba, le explicó al segundo lo que le había pasado...que le habían recogido en el agua...que lo habían protegido enseñando el oficio de pescar, patrón de barco etc, etc.

—Chico, has tenido mucha suerte en la vida, si me permites un consejo disfruta de lo que tienes y dale gracias a Dios. Bueno me voy, si no me necesitas te deseo lo mejor, hasta pronto.
Carolina, ahora entiendo porque Julio de pronto cambia el semblante entristeciéndose con un semblante muy duro. Parece ser que hace tiempo sabe de la existencia de Iker y de todas las etapas de su vida, la suerte que ha tenido, pensando a veces de intentar localizarlo y explicarle toda su experiencia que le atormenta, pero no se atreve.

–Hombre, claro que no se atreve porque a lo peor ese chico tiene sed de venganza.

–Claro, es posible que tenga esas dudas. Pensando, además, hace tiempo recibió amenazas por teléfono, sin saber quien era, pues el que llamaba no decía nada...solo silencio.

Bien Carolina, siguiendo lo que vi en la terraza, ahora lo entiendo todo, Era Iker el que estaba amenazando a Julio de una manera muy violenta y Julio se defendía diciéndole que no pudo hacer nada, que lo sentía mucho pero era la verdad, pero las amenazas seguían hasta el momento que Iker sacó una navaja y se la clavó a Julio en el estomago, entonces fue cuando la gente se le tiró encima y un policía que iba de paisano lo redujo esposando a Iker, pero resulta que también había una niña de mediana edad también en el suelo y sangraba. Llegaron las ambulancias y se los llevaron a los dos al Hospital. Encarnita no paraba de gritar golpeando a un policía por la impotencia y mirando a Iker de una manera que yo creo que Iker al momento se arrepintió de lo que había hecho.

–Carolina, ahora ya lo tengo todo completo ¿te acuerdas cuando te explicaba que veía a personas jóvenes como si discutían? Y también a niños y a Encarnita llorando sola desconsoladamente en un banco? Eso era el hospital, estaban todos juntos esperando la operación de Julio haber si lo podían salvar, por eso tantos nervios entre ellos, por el miedo a perder a su padre. Carolina creo que tengo la cabeza libre...estoy descansado, menos mal que he podido explicar todo lo que he estado viviendo y sobre todo a ti, pues tu me conoces como nadie y ese hecho todavía por fin me relaja más, sino pensaba que me pudiera volver loco porque vivirlo de la manera que lo he vivido no se…Lo que me queda pendiente es como he podido tener esta conexión con Julio a través de una simple gorra que como si fuera un casco de esos que usan para hacerte un psicoanálisis, no encuentro la explicación.

–Bueno Roberto, ha sido toda una experiencia, ahora ya no le des más importancia, a no ser que quieras escribir un libro relatando toda esta experiencia….jajaja.

–No ¡que va! no tengo ganas de revivir toda esta experiencia.

Pasaron unos días en los cuales acabamos de ver toda la ciudad, fuimos a ver museos, monumentos, teatros y restaurantes fueron unos días increíbles, perfectos. Se estaba acercando el tiempo de marchanos y mi mujer dijo que tendríamos que saludar a Elvira, la vecina del segundo y, a lo mejor, repetir otra comida con Julio y su mujer como despedida.

–Pues sí, creo que no estaría mal, cuando veamos a Elvira la saludamos y con Julio buscaremos otro día.

Al día siguiente decimos pasar a saludarla.

–Hola señora Elvira ¿cómo está?, venimos de comprar una cervezas y Carolina me dijo de saludarla¿Todo bien? Nosotros estamos pasando unos días magníficos y lastima que se acerca el final.

–¿Cómo están ustedes ¿están contentos del viaje? Yo bien, estoy muy bien, con ganas de hablar con alguien porque ya saben que estoy sola, pero por lo demás tengo salud que es lo más importante ¿Qué dicen? ¿que se les acaban las vacaciones?.

–Sí, bueno, exactamente las vacaciones no, porque los dos estamos jubilados pero si que se nos acaba el viaje.

–Bueno ¿qué tal si mañana vienen a comer los dos?

–Por favor Elvira, no se moleste, simplemente hemos pasado para saludarla…

–Pues tengo el deseo de invitarles y no me lo pueden reprochar…

–¡Perfecto!–Dijo eufórica Carolina– nosotros traemos el postre o el vino.

–No, dulces mejor que no, porque soy diabética, poco pero me tengo que controlar sinó al final me tendré que pinchar. Si quieren traer algo, que no hace falta, mejor vino. Comerán carne, una botella de vino negro ¿de acuerdo?.

–Bien, pues hasta mañana a las dos y media.

–¡Hasta mañana!–y cerró la puerta.

Nosotros subimos a casa a comer. A la tarde salimos a tomar algo y a comprar una botella de vino negro para la ocasión.

A la mañana siguiente Carolina no tenia ganas de salir, quería estar tranquila en casa, ordenando todo un poco y esperar para bajar a comer a casa de Elvira. Yo pasé la mañana navegando en internet, leyendo los periódicos digitales, etc. Cuando llegó la hora nos arreglamos y bajamos a comer.

– Hola señora Elvira ¿venimos muy pronto?

–No...por favor pasen pasen, vamos al comedor, siéntense por favor, ¿quieren tomar algo? tengo un vermout casero de mi pueblo que es francamente bueno.

– ¿Qué pueblo es ese Elvira?

– Alguero, Cerdeña, ¿lo conocéis?
– No no lo conocemos, pero le digo que tenemos pensado que en el próximo viaje iremos a Corcega, casualidad ¿verdad?

–Pues si, si vais ya veréis que bonita es la isla, disfrutareis mucho.

–Bueno Elvira ¿y este vermout? para mi perfecto, tengo ganas de probarlo, ¿tiene un poco de hielo?.

–Cierto que sí ¿y usted Carolina?

–No, gracias Elvira, yo no estoy acostumbrada a tomar nada antes de comer.

–Tome Roberto a ver si le gusta, mientras tanto voy a acabar todo y vengo.

–Elvira ¿voy con usted para ayudar?

–No....quédese con su marido.

Mientras tomaba el vermout (francamente muy bueno) di un vistazo al comedor de Elvira: tenia un estilo antiguo, realmente acompasado con la edad que ella tenia, pero estaba todo muy bien cuidado pero si que es verdad que noté en falta fotos de familiares. Pensándolo bien, ya nos dijo que no había tenido hijos, había solo imágenes del matrimonio en diferentes situaciones y poco mas. Carolina, no decía nada.

– Bueno ya estoy aquí.

Se le notaba, por la cara de satisfacción, que le hacia mucha ilusión y estaba feliz con el acontecimiento

–Bueno señora Elvira ¿qué ha preparado usted? Ya me imaginaba yo que era una cocinera impresionante.

–Roberto, no me llame de usted. No...he preparado un plato principal que me gusta mucho, espero que ha vosotros también. Bueno, a la mesa, yo voy ha buscar el vino

De primero preparó una buena ensalada y después de segundo el típico plato que ha ella tanto le gustaba Fetuchini con salsa Ragu; realmente buenísimos, los comimos muy bien y el vino fue un gran acompañante.

–Decirme la verdad ¿os gusta todo?

–Elvira–dijo Carolina– estaba todo buenísimo, me acordaré de esta comida y con la acompañante tan amable...¡venga! ¡un brindis! alce la copa..por nuestra anfitriona Elvira *¡chin-chin!.*

Elvira, toda emocionada, bebió un sorbo de vino y se levantó–traigo el café ¿con azúcar Roberto y tu Carolina?

–Sí, una cucharada para los dos Elvira, gracias.

–Bueno, decidme que opinión tenéis de vuestros vecinos Julio y Encarnita. –lo puso a tiro porque yo no sabia como enfocar el tema de nuestros vecinos–

–Pues Elvira, los encontramos muy buena gente, con ganas de agradar aunque son muy serios, sobre todo él, que yo creo que le pasa algo en lo profundo de su mente.

–Sí, tenéis razón, son buena gente pero muy serios, la verdad es que tienen motivo para serlo. Sobre todo Julio. Encarnita es más fría y sabe comportarse con la gente y sobre todo con las mas próximas..

–Elvira ¿y que motivos tienen si no es mucho preguntar?

–Yo no se si debo, pero me tenéis que prometer que no hablareis con ellos de nada ¿de acuerdo?

–Por supuesto Elvira, nosotros somos muy discretos.

–Pues veréis ¿os acordáis que el día que nos conocimos en la escalera os hice un comentario en el sentido qué yo creía que ellos tenían como si fuera «un mal de ojo»?

–Sí, por supuesto que nos acordamos.

–Hace mucho tiempo, años, antes que Julio se retirara de trabajar, ¿sabéis que era Capitán Mercante? Hacía la ruta Valencia-Turquia.

–Sí, lo sabíamos, lo explicó cuando comimos juntos.

–Un día me lo encontré en la escalera, tenia una cara desencajada, blanco y con una expresión de tristeza que daba pena verlo ¿Julio que te pasa? No te encuentras bien ¿verdad?, le pregunté, él me miró fijamente a los ojos y al cabo de un rato, que a mi me pareció una eternidad, no me contestó y se echó sobre mi abrazándome y poniéndose a llorar,

¿Julio que te pasa? Me estas asustando, pasa que estamos delante de mi casa, te sientas, te doy una copa y me explicas.

Julio, arrastrando los pies, entró y se sentó ahí en ese sofá, le traje la copa, me senté en la butaca y le dije....ahora explica:¿que te pasa? Me miró con unos ojos hundidos y tristes.

–Hay Elvira, esque tengo una pena muy grande en el corazón y no la puedo superar.

–Julio, explicarlo va muy bien, no para olvidar, pero sí para descargar y ayuda a superar…

–En uno de mis últimos viajes cuando faltaba poco para llegar a puerto, a Turquía vino mi segundo avisando que le parecía que habíamos hecho un abordaje, yo como es lógico inicié el protocolo pero no vimos nada ni a nadie y el mismo segundo me dijo: –nada Capitán yo creo que podemos continuar–así lo hicimos pero a mi me quedó una sensación rara. Como si no hubiera hecho lo suficiente para estar tranquilo. Desde entonces Elvira no vivo, sueño, no descanso y estoy pensando en jubilarme.

Desde esa ocasión. Julio ya no fue el que siempre había sido: alegre, hablador y con algun dote de conquistador típico de los marineros.

La pena era tan grande que se la contagió a su mujer, parecían dos almas en pena, por eso pensé que les habían hecho un «mal de ojo», pero la sensación de culpabilidad era enorme. Después de un tiempo, un día me encontré a Julio y me dijo –Elvira me he jubilado–había cambiado, parecía que recuperaba el Julio que yo conocía.

–¿Os aburro?

–No…por favor sigue, estamos intrigados.

–Hace un par de años, máximo, pasó un suceso muy importante que a mi me asusto mucho. Había una pelea en la calle, eran dos hombres y gritaban muchísimo, me acerqué un poco y vi que uno de ellos era Julio !Julio! grité yo. Julio me miré y me dijo que me fuera de allí de un grito.

El otro hombre era mucho mas joven, muy guapo y con unos ojos enormes, negros como el azabache, pero la expresión de la cara era endemoniada –por favor no pelearos, discutid todo lo que queráis pero en calma, sin querer os podéis hacer daño– pero no podía conseguir que pararan. Había un montón de gente y alguien avisó a la policía.

Pero, de repente, apareció una niña de unos doce años que resultó que era una de las nietas de Julio y se abalanzó sobre ellos para defender a su abuelo.!Abuelo abuelo¡ gritaba la cría, de pronto cayó al suelo quedándose inmóvil. Los dos hombres la miraron, el hombre joven le dio una puñalada a Julio que también cayo al suelo y huyó.

Llegaron juntos la policía y la ambulancia que se llevaron al abuelo y a la nieta, por suerte estaban vivos pero habían perdido mucha sangre a juzgar por la que había en el suelo. Estuvieron bastante tiempo en el hospital pues estaban graves los dos. Encarnita estaba desaparecida, no sabia donde estaba, subí varias veces a su casa para ofrecerle ayuda, pero no logré verla nunca.

Al cabo de un mes, Julio regresó a casa y su nieta supongo que también lo hizo a casa de sus padres. Ya nunca más fueron lo que habían sido, siempre serios y siempre iban separados, solo con los demás hacían el parabién: habían caído en la desgracia, solos, tristes y ademas sus hijos ya nunca más aparecieron por casa, lo que digo yo: un mal de ojo.

Carolina con los ojos llorosos le dijo Elvira que aquello era una barbaridad, que debió de ser brutal, y le preguntó si al otro hombre lo cogió la policía.

–No, no lo se...yo estaba muy nerviosa. Bueno vaya charla mas aburrida ¿verdad? sobre todo no comenten nada con ellos, son muy especiales.

–Elvira. Lo repito. Puede estar tranquila, bien nos vamos ha ir, solo nos queda agradecerle esta comida y charla, ¿le puedo dar un beso?

–Por supuesto Roberto y a ti también Carolina.

Para romper un poco toda aquella conversación le pregunté: por cierto Elvira, ¿qué hace usted viviendo en Roma?.

–Por mi marido; él era romano y llevamos toda la vida aquí juntos. Cuando murió aquí me quedé, estoy a gusto, tengo mi casa alguna amiga…

–Elvira, gracias por todas las atenciones, es usted muy amable– le dijo Carolina y le dio un beso.

Ya en casa Carolina dijo: –Vaya historia… típica italiana o turca, venganzas, navajas, policías..gritos, no falta de nada, se puede hacer una película....tienes razón ademas de la manera que lo explicaba Elvira parecía como si lo estuvieras viviendo.

–Carolina, ¿te acuerdas de lo que te había explicado de mis visiones? todo coincide con lo que vi aquel día desde la terraza pero no sabia que aquella niña era nieta de Julio, así concuerda todo lo que vi en el hospital.

–Cierto Roberto, relataste todo como Elvira. Todavía me parece mentira que tu hayas visionado todo esta tragedia, increíble.

–Ahora solo me faltaría saber cómo Iker dio con Julio, así podría completarlo todo.

–Roberto, no sé yo si te convienen todas estas emociones tan fuertes, porque ademas, quieras o no, conoces a Julio y a Encarnita y de alguna manera, aunque sea ligera, pero hemos confraternizado con ellos y estas penas nos pueden afectar y sobretodo a ti. Eres una persona muy sensible y lo vives todo con mucha intensidad.

–No Carolina, no te preocupes. Esque si no termino esto creo que no podré superar ni olvidar. Para mi este matrimonio son buenas personas.

Después de patear aquella ciudad que nunca se acaba, pues tiene una historia que si la pretendes conocer en una estancia de un mes es imposible y solamente nos faltaban dos días para volver a casa. Así que dijimos de despedirnos de Julio y Encarnita y también de Elvira.

Empecemos por Elvira...

-Hola Elvira venimos a despedirnos y agradecerle todas las atenciones que ha tenido con nosotros, aquí tiene nuestra tarjeta y si algún día decide venir ha vernos será bien recibida–Elvira se emocionó mucho, no podía decir nada...abrazó a Carolina y a mi me besó.

–Buen viaje de retorno.

–Gracias Elvira.

Al día siguiente hicimos lo propio con Julio y Encarnita.

–Venimos a despedirnos pues mañana cogemos el avión de retorno a casa y solo nos queda agradeceros todo lo vivido con vosotros.–Julio me dio un abrazo pero noté como si fuera algo mas que una despedida.

–Buen viaje Roberto y sabeis que tenéis vuestra casa aquí–y le dio un beso a Carolina.

Encarnita se abrazó a Carolina y empezó a llorar ligeramente pero con cierta amargura, me dio un beso a mi, yo le di un abrazo.

-Toma Julio, mi tarjeta con mi teléfono, estáis invitados a nuestra casa, ¿de acuerdo?
Julio me volvió a abrazar, aquello parecía algo mas que una despedida de vecinos de verano, pero pensé que era cuestión de caracteres. Entramos en casa para descansar de tantas escenas de despedidas y centrarnos en preparar todo para el regreso.

Ya en el aeropuerto, habíamos hecho el *check-in* y nos fuimos a tomar algo a un bar y a comprar regalos para casa. Nos pasamos en regalos porque nos gastamos bastante,pero bueno, era para nuestros hijos y nietos. Estábamos esperando ver nuestro vuelo a Oporto (pues somos portugueses), creo que no lo había dicho, y parecía como si hubiera pasado una eternidad de nuestra estancia en Roma.

Aún en el aeropuerto pensé que esta sensación tenia algún significado, pero no le di ninguna importancia mas.

En diez minutos teníamos que pasar el control para embarcar, así que preferimos organizarnos para coger todos los regalos y no perder ninguno y dirigirnos a la puerta de embarque.

Ya en el avión una azafata nos ayudó a colocar todos los regalos, fue muy amable.

–Por favor controle cuando los coja que no me deje ninguno...jajaja–ella también sonrió.

Nos aposentamos en nuestros asientos, Carolina en ventanilla y yo a su lado.

–¿Carolina tienes la gorra en el bolso? Porque me la pondré haber si duermo un poco.

–Sí, espera, que la cojo ...toma.

–Gracias.

Después de un rato de haber despegado el ruido de fondo me hizo entrar en un sopor que me puse la gorra tapándome los ojos y me dormí. Carolina me dio un golpe en el brazo sobresaltándome.

–¿Qué pasa Carolina?

–Roberto ¿te pasa algo? Me parece que estabas soñando pero algo que me pareció que sufrías mucho, llevas casi veinte minutos y no he podido mas y te he despertado.

Yo había perdido la noción del tiempo, casi no sabia ni donde estaba.

–¿Qué estabas soñando Roberto?

Carolina me miraba con cara de preocupación porque la expresión de mi cara la inquietaba bastante.

–La verdad Carolina no sé lo que soñaba, pero si es cierto que estoy en blanco y mi estado interior es de angustia, de dolor, disgusto, sorpresa… el caso es que no me acuerdo.

Llamé a la azafata y le pedí un poco de agua, enseguida me la trajo.

–Señor¿se encuentra bien, necesita algo mas?

–No, gracias muy amable.

Carolina seguía con la expresión de preocupación observándome. La miré y cogiéndola de la mano le dije que estaba perfecto, que no sufriera. Estuvimos el resto del viaje callados, yo me hacia el adormilado pero era para intentar recordar el sueño. Aterrizamos sin problemas y nos dirigimos a recoger el equipaje. seguíamos sin hablarnos; solo lo imprescindible.
Cogimos un taxi y fuimos para casa. Cuando entramos miramos que todo estuviera bien, sin sorpresas. Entonces yo hice un suspiro que me salió de lo mas adentro de mi; me relajó al instante.

–Bueno Carolina ¿abrimos las maletas y ordenamos todo?

–No Roberto, eso ya lo hago yo, tu revisa la casa, abre un poco las ventanas para que se ventile toda ella y revisa la nevera. En fin controla todo.

–Perfecto Carolina, por cierto ¿qué cenaremos?

– Pues no lo se, si quieres pedimos algo hecho y que nos lo traigan.

A la mañana siguiente estábamos desayunando y Carolina no pudo esperar más y me preguntó si me había acordado del famoso sueño.

–Sí Carolina, ayer noche me vino todo a la cabeza como si estuviera viendo una película, pero no quise decirte nada para no preocuparte y pudieras descansar bien. El sueño ha sido tan real que es como si estuviera yo allí, realmente el efecto de la gorra actúa tan fuerte sobre mi que casi me da por asustarme. Así fue el sueño: yo estaba en casa de Julio, estaba presenciando una gran discusión entre él y Encarnita, era tremenda. Ella le decía que como podía haber hecho eso y él llorando le decía que no pudo hacer nada, que sí se dio cuenta, pero era demasiado tarde y cuando pasa en un abordaje si el barco es pequeño normalmente el grande...en este caso el mio, engulle al pequeño y lo lanza a las hélices.

–Eres un animal sin corazón–decía ella llorando desconsoladamente– yo nunca te dije nada pero aquel crio era el hijo de mi primo Raim. Un día me llamó y me explicó lo que pasó y que podía hacer para averiguar qué había pasado. Yo le dije que fuera al departamento de acogida de náufragos de Turquía. Allí sí le explicaron que había pasado y que el crio lo había adoptado una Capitana.–Encarnita no paraba de llorar con un pañuelo en la mano limpiándose los mocos– después Raim se puso en contacto con esta Capitana y ella avisó a Iker diciéndole que parecía que había un hombre que le buscaba diciendo que era su padre. Cuando se encontraron Iker le prometió a Raim que no pararía hasta encontrarte a ti,sí.

–Hace tiempo que me amenazan por teléfono. Pero no sabia quién era hasta que apareció ese chico y por poco me mata a mi y a mi nieta.

Encarnita estaba casi catatónica, solo lloraba, estaba, totalmente desfigurada. Solo decía: –¡Eres un asesino! ¿cómo has podido vivir así? ¿cómo lo ha soportado tu corazón? Eres un monstruo.

A Carolina se le había atragantado el desayuno, ni respiraba.

–¿Y que pasó después?

–Pues no sé más porque en ese momento me despertaste tú en el avión, lo siento pero quiero acabar toda esta historia que la verdad ha sido una pesadilla.

–Pues sí Roberto, hay que pensar que todo ha quedado atrás, que dentro de todo lo hemos pasado muy bien, conociendo la ciudad y con aquel recuerdo de la comida con Julio y Encarnita y el tal Manolo.

–Sí Carolina, tienes toda la razón.

–Bueno nos arreglamos y vamos ha casa de la «nena» y después a del «niño»,siempre serán nuestros nenes ¿verdad?

Carolina se rió, me dio un beso y fuimos a arreglarnos para marchar.

–Por cierto Carolina creo que he perdido la gorra, no la encuentro, debió de ser en el aeropuerto al recoger el equipaje–olvidamos el tema y salimos a la calle.

–Roberto voy a comprar una revista ¿y tú quieres algo?

–Bueno, traeme el periódico ese italiano, vamos a recordar nuestras vacaciones.

En casa, ya tranquilos, le dimos un vistazo al periódico y ella a la revista.

–!Carolina¡ !Dios mio¡.

Una noticia increíble ocupaba toda una página. Violencia de género en Roma: una mujer mata a su marido y se tira por la terraza..

–¿Sabes quienes son? ¡Julio y Encarnita!

A Carolina se le escaparon unas lagrimas y a mi se me hizo un nudo en la garganta. Esa noticia fue un broche a nuestras vacaciones que las marcó para siempre, pues no podríamos haber imaginado nunca este final tan dramático y fatal para nuestros amigos.